KB089648

목련을 빚는 저녁

황금알 시인선 258

목련을 빚는 저녁

초판발행일 | 2022년 11월 11일

지은이 | 김미옥
펴낸곳 | 도서출판 황금알
펴낸이 | 金永馥
주간 | 김영탁
편집실장 | 조경숙
표지디자인 | 칼라박스
주소 | 03088 서울시 종로구 이화장2길 29-3, 104호(동숭동)
전화 | 02)2275-9171
팩스 | 02)2275-9172
이메일 | tibet21@hanmail.net
홈페이지 | http://goldegg21.com
출판등록 | 2003년 03월 26일(제300-2003-230호)

값은 뒤표지에 있습니다.
ISBN 979-11-6815-038-6-03810

목련을 빗는 저녁

김미옥 시집

황금알

| 시인의 말 |

새를 꿈꾸는 건

날개를 펴고 날아 보려는 거겠지

나는

솟대 위에 깎아놓은 붙박이 새처럼

이름만 새가 되어갔지

그렇게 내 일상엔 새의 그림자만 내려앉아

솟대가 삭아 부러질 때

딱 한 번 새가 되겠지

차 례

1부 오늘의 파도

2부 슈퍼 속의 거인

3부 모서리가 있는 하루

4부 바스락거리는 인연

1부

오늘의 파도

모과처럼

어느 날 모과가 되기로 했지
거울 앞에서 매일매일 모과모과 하며
하하 호호
모과를 연습했지

눈초리가 올라가고 입꼬리가 올라갈 때까지
모과가 모과가 될 때까지 모과의 웃음이 될 때까지
모과를 닮아갔네

사람들은 내게서 모과 향이 난다네
나는 말할 수 없었지 연습한 모과라고

얼마나 많이 웃으면 이렇게 노란 웃음이 되겠니?

삐죽이며 사진 찍기 싫어하는 아이에게
모과! 하고 외쳐주지

가을바람에 모과가 익어가네
모과 향이 온몸을 감싸고도네

모과나무 아래서
오랜만에 나만의 웃음을 지어보네
풋!

오랫동안 사과나무로

겨울
사과나무에 호박이 달리고
복숭아나무가 밤송이를 달고
하이에나가 사자를 잡아먹고
사람들은 물구나무를 서서 노래를 부르고

여기는 꽃이 도착하지 않은 겨울 숲
사과나무는 꽃을 피울 생각이 없다

손닿을 듯
봄이 사라진 숲에서 허공만 휘젓다가
발목을 다친 사과나무

눈이 내린다
나무 사이로 나무의 발목 위로
무너진 자리마다
봄을 모으는 두 손

눈 녹는 소리

사과가 사과나무로 돌아
오는 소리

나뭇가지가 흔들린다
삶의 둘레로 봄이 도착한다

쉼표

들리시나요

비 그치자 매미 우는 매미 울자 비 그치는 숲 여기는 영월에요

여길 왔다 가는 당신이 누구건 중요치 않아요 애인이 있어도 좋고 없으면 또 어때요 여기선 누구나 쉼표만 있죠 소나무 사이로 뿌려지는 햇살이 보이시나요 이곳의 목덜미는 오로지 한 줌의 햇살과 여유뿐이죠

영월의 숲에서 꽁꽁 싸매 두었던 실타래를 풀어요 내내 허리춤에 숨기느라 아팠거든요 그 속에 실타래가 있다는 것을 상상이나 했겠어요 풀어야 매미 울음이 가벼워지죠 그래야 날아오를 수 있지요

상자에 나를 채우지 않아도 되는 오늘이에요 나는 날아오르는 모든 생명에게 실타래를 보여줄 참이에요 매미처럼 울다 새처럼 날다 나무처럼 우뚝 서 보려고요 그냥 이 시간을 즐길 뿐이에요 보이지 않는 실타래라고 감

추지는 않을 거예요 매미의 기분으로 쉼표를 내질러 보려고요

장마에 오늘처럼 떠오른 태양을 보는 건 기쁜 일이에요 이것은 실타래와 매미의 어떤 공식이었던 거예요 짝을 찾는 이 시간을 응원해요 숨겨왔던 실타래를 풀자 그 끝에 끝없이 딸려오는 오늘의 햇살은 숲을 적셔 주지요

나와 영월의 햇살 사이에 쉼표를 찍어요, 수많은

목련을 빚는 저녁

목련을 빚는 겨울이 있다

겨울은 모서리가 지워지고
찜 솥에는 활짝 핀 목련들이 가득 들어 있다

눈은 분분히 내려
꽃을 빚는 저녁

젖은 햇빛 몇 줌과
붉게 지는 노을과
칼칼한 저녁 냉기와
들락거리는 바람을 꾹꾹 눌러 넣고
한 장 한 장 꽃잎을 일으키면

눈송이가 눈사람이 되듯
만두가 목련이 되는 밤이 있다

어딘가에서 목련은
차가운 꽃망울의 잠을 견디고 있고

이 저녁, 만두는 터질 듯 부풀어 올라
당신이 모르는 꽃이 된다

양이 자란다

호텔 보가르 5077호실에 앉아 오래된 양을 생각해 온종일 바람이 불어도 양 울음소리가 그치지 않는

몸 하나 눕힐 수 있는 침대에 누워 양들의 나라 페로제도를 생각해 창밖을 내다보면 양들이 우르르 몰려가는

바람과 비와 양들의 제도

자유롭게 풀을 뜯는 나라에 나는 나의 양들을 꺼내 놓았어
양 한 마리 양 두 마리 양 세 마리

어떤 양은 달리기만 하고 어떤 양은 음매 울기만 하고 어떤 양은 뿔을 박으며 장난만 치고 어떤 양은 걷고 걷고 또 걷기만 하고 어떤 양은 되돌아오기만 하고 어떤 양은 사색만 하고 어떤 양은 울타리만 치고 어떤 양은 구석진 곳만 찾고 어떤 양은 책을 뜯어 먹기만 하고

양들은 자신의 양만 몰아왔어 비바람이 몰아쳐도 젖는

줄 몰랐어
  나는 밖으로 나가 양들을 몰며 들판을 바라보며 비바
람에 맞서

  방향을 잡았어

  언젠가 한 번 본 적 있는
  언젠가 한 번 살았던 것 같은

시계공의 사색

벽지에서 지평선이 벌떡 일어설 때가 있다

사슴 한 마리 홀로 풀을 뜯는 들판
뜯어 먹힌 풀이 그의 속눈썹으로 자라는 과정과
길고 아름다운 그의 다리가
언덕을 떠나지 않는 이유에 대해 생각해본다

사슴 눈을 한 그가
사슴 따위는 되고 싶진 않다고 말할 때
나는 문득 물구나무로 걸어보고 싶었다

손바닥이 발이 되면
잠자던 근육들 단번에 일어서고
심장은 두리번거리고 발은 두근거리겠지

누군가 숨어서 거꾸로 걸어가는 나를 넘어뜨린 건지
낯선 풍경들이 어지럽게 펼쳐졌다 사라진다
사라진 풍경들 위로 휘청이는 몸,
꿈틀거리는 벽,

더듬더듬 꿈속에서 걸어 나와
아무도 발 딛지 않은 지평선의 푸른 핏줄 속으로

부부

벽에 못을 박는다
망치로 못의 정수리를 후려칠 때
못이 휘어진다, 벽은 패인다

다시 못을 박는다
못이 튕겨 나간다
만만치 않은 벽
밤의 골이 깊어진다

벽과 못이
못과 벽이
서로의 마음을 읽어내는
깊숙한 밤

벽 속의 못은
벽의 몸에 의지한 채 잠들고

못에 찔린 벽은
그게 벽의 몫이라고

잠깐잠깐 눈을 떠
못을 확인한다

벽은 못을 품고
못은 벽에 기댔으니
이 밤이 흔들릴 일 없어
쉬였으니 흔들릴 일 없지

한 발짝 물러서면 동그라미

동섭이가 그림 한 점 올리고
사이트의 창조주처럼 말했다

친구들아, 동그라미를 찾아봐!

우리는 동그랗게 마음을 이어 잡고
두어 발자국 그림 속으로 들어갔다

무늬와 무늬로 얽힌 속을
삐딱하게 보고 사팔뜨기로 보고
구름 같은 것이 어른거려 이어보아도
동그라미는 보이지 않는다

생각의 고정관념을 버려 봐!
소 그림은 아니니!

고정관념이 올가미가 되어 동그라미를 지나치고 말았나?
돌아보니 너무 많이 걸어 들어와서 각진 구석이다

몇 발짝 물러서서 벽에 기대니 보인다
사각의 틀 안에서 튀어나왔다 들어간 문자 조합의 흔적들

어찌 보면
동그라미 없는
무한으로 이어진 모서리와 모서리들의 군락 같다

세 발짝 네 발짝 조금 더 뒤로 물러서자
수천수만의 동그라미들이 달려와서 나를 에워싼다

그 안에 촘촘히 깃든 나

아주 잠시
나는 내가 그토록 찾던 동그라미가 된다

그날의 묵비권

의자에 누워 입을 벌리고 있는데
잇몸이 부었네요 음식물이 잘 끼이죠?
의사가 자꾸 물어요 이상했어요
입 벌리고 대답할 수는 없잖아요
나는 삼켰어요
목까지 차오르는 말을

아, 더 크게 더 크게! 마취합니다 따끔해요
따끔한 말도 삼켰어요
잇몸이 점점 빽빽해지더니 감각이 사라졌지요
눈을 감고 묵비권으로 맞서야 했던 그 날처럼

물, 들어갑니다
뿌리고 갈고 닦고 빨아들이는 드릴 소리와 함께
목은 길게 늘어지고 두 다리는 뻣뻣해지고
얼굴 가리개 아래 말 한마디 못한 채 눈만 멀뚱거렸죠
순식간에 한 백 년이 지나갔어요

다 되었습니다 양치하세요

뜨겁거나 딱딱한 삶은 피하시고 반대편으로 식사하세요
대답이 끼어들 길 없는 말들이 방안을 둥둥 떠다니고
소리 없는 말이 입에서 줄줄줄 흘러나왔어요

뺨 한 대 갈겨버리고 싶을 때를 지나온 말들이
아직 내 안에 가득해요
듣고 싶은 말도 하고 싶은 말도
아, 하고 크게 벌린 입속에 웅크리고 있어요

안쪽

먼 길을 날아가 본 적 없는 새는
날개를 반쯤 접고
공중에서 더 먼 곳을 바라보게 된다
바람의 안쪽에서 잠시 비행을 멈추고
허공의 길에 대해 생각한다

잔잔한 수면에 물보라를 일으키며
보트가 한 대 지나간다
출렁이는 강물에서 아무리 닦아도 보이지 않던
물의 안쪽을 보았다

동시에 새가 난다
새는 허공에 부딪혀 죽어도 새의 길을 열고
출렁이고 출렁이다 흘러가는
강물은 물의 의무를 다한다

그게 길이다
모두 저마다 새로운 안쪽을 여는

오늘의 식탁

곰 인형이 그려진 접시에
부침개가 수북하게 담겨 있다
매운맛을 참느라 곰의 눈이 커지고 있다

마요네즈와 돈가스 소스는 체크무늬로 긋고
가쓰오부시는 뿌려서 먹는 가족들
만성 소화불량인 나도 한 접시 의심을 쭉 찢어 먹는다

곰처럼 먹어서
급하게 먹어치운 부침개가 불량한가

소화되지 않는 저녁

헛배 부른 것이 삶 같아
손으로 배를 가만히 문지른다

나의 저녁
밀려 내려가는 것들이 있다

짐승의 자세

개새끼-, 한 여자가 문을 열고 들어선다
개만도 못한 놈!
여자가 악다구니를 하자
휴대폰 속의 개가 밖으로 튀어나온다
서로 으르렁거리며 새끼를 치는 아수라장
어따 꼬리쳐!
컹컹 짖어대며
서로 목덜미에 피가 나도록 물어뜯는다

욕설과 개가 뒤엉킨 세상이 온 힘을 다해 짖는다

악을 쓰며 개새끼가 옷자락에 달라붙고
이마에도 머리카락에도 붙는 개새끼들
그악스럽게 들러붙어 물어뜯는 송곳니를 피해
돌아서는 사람들

나는 달라붙은 개새끼들을 떼어
문밖으로 툭툭 털어버린다

수만의 개떼, 개털이 날린다
성난 개떼의 붉은 들판에 나는 서 있다

왼발+오른발=뒤꿈치를 들고

우리는 원 플러스 원
자전거와 사람이 강둑에 들어선다

수만 가지 생각과
풀리지 않는 시간의 암호를 접어놓는데

비켜요!
2×2=4가 인라인스케이트를 1+1=2의 발끝까지 들이댄다

2×2=4가 예의는 집에 두고 와
1+1=2가 왼발+오른발=뒤꿈치를 들고 걷는다

2×2=5가 때로 가장 사랑스러울 수 있다는 도스토옙스키의 말이*
초저녁 귀뚜라미 소리처럼 귀에 머문다

가을이면
우리는 모두 구름 둘레를 지나가는 사람들

1+1=2가 2×1=2로 바뀌고
2×2=4가 2×2=5를 보고 달아나고

우리는
마음 너머로
우리의 가을을 던지며 걷고 있다

* 도스토옙스키의 〈지하로부터의 수기〉

베타의 날

사각 어항 속에서 베타가 우아하게 춤을 춰요 몸의 절반이나 되는 지느러미를 펼치면 화려한 발레리나 튀튀 같아요 혼자만의 테두리 안에서 끝없이 춤을 춰요

하루 세끼 챙겨주면 베타는 말없이 춤으로 창을 열어요 가끔 공격의 자세로 지느러미를 세울 때가 있지만 그러려니 해요 저도 삶의 방향을 바꾸고 싶을 때도 있겠지요

하얀 지느러미가 물을 밟고 탁! 쳐대는 몸짓을 보면 나도 베타 같아요

일터와 집을 향해 지느러미를 흔들죠 거친 숨을 참고 온몸으로 당신을 향해 지느러미를 세우죠 이 계절은 더디게 지나가는 것 같아요 어항 속 베타가 물끄러미 나를 바라봐요 함께 춤을 출까요

태풍이 휩쓸고 간 벚나무에도 지느러미 같은 꽃이 피었어요

2부

슈퍼 속의 거인

플리마켓

딩동! 첫 번째 꼬마 손님이 또렷해진 봄을 사 갔다. 두 번째 여자 손님은 우산 하나에 백한 마리 달마시안을 덤으로 사 갔다. 세 번째 남자 손님은 바싹하게 잘 구워진 웃음 한 바구니 사 갔다. 스물한 번째 청바지는 팔레스티나의 광야를 사 갔다. 스물두 번째 지팡이는 페이지마다 피가 묻은 악몽을 사갔다. 스물세 번째 대머리 총각은 확확 달아오르는 한낮의 분노를 사 갔다. 일흔한 번째 요양사는 생각을 끼워 맞추는 퍼즐을 사 갔다. 일흔두 번째 아가씨는 동쪽에서 갓 올라온 태양의 불꽃을 사 갔다. 일흔세 번째 지팡이는 초콜릿만큼이나 달고 강력한 기억을 사 갔다. 백다섯 번째 백여섯 번째 백일곱 번째 백여덟 번째 …… *호기심자신감해방감아찔함질투심열등감상실감무기력혼란수줍음을 사 갔다. 금일 준비한 꿈은 모두 매진입니다** 딩동!

* 이미애의 「달라구트 꿈 백화점」

고래의 눈동자

여기는
미옥이네 슈퍼마켓

고래 내장에서 비닐봉지가 다량으로 나왔다는 뉴스
죽은 고래 눈동자를 비추는 카메라

미옥이네 슈퍼마켓에
썩지 않을 슬픔이 구름처럼 부푼다

썩지 않아 좋은 것도 있지만 썩어야 좋은 것도 있네요
비닐봉투가 바다로 흘러가 고래의 숨통을 막는다고 하네요

20원짜리 비닐봉투를 한 장 들고 고래의 생사를 대변하는 동안

봉툿값 아끼려는 것으로 오해한 손님에게 미옥이는 이내 검은 기분을 검은 봉투에 담아 준다

고래의 눈동자가 보인다

당신을 결제할 수 없습니다

훨훨 날아
이 꽃 저 꽃 옮겨 다닌 나비씨
꽃 세상에 빠져 꽃놀이를 즐기다가

결제해드리겠습니다

나비씨의 옆구리를 긁어도
오늘의 당신은 결제할 수 없습니다, 라고 뜬다

지갑에서 몇 개의 카드를 더 꺼내도
나비는 더 날 수 없는
한도초과

나비 한 마리가
수십 종의 꽃에 앉았다 가는 날엔
텅텅 비어가는 신용에 식은땀이 흘러
지불할 게 많아 스스로에게 손사래를 칩니다

꿈을 결재할 수 없듯

눈부신 해변을 결재할 수 없듯

오늘은 길어진 당신의 골목만 결재하겠습니다.

슈퍼 속의 거인

거인이 발을 쿵쿵 찍으며 온다 슈퍼를 울리며 온다 그가 도착할 때까지 그녀는 파르르 떨리는 벽에 나비를 그린다 백만 마리의 나비를 모을 생각이다

벽 너머에서 오는 거인이 걸을 때마다 문짝이 흔들리고 커피포트가 나둥그러지고 술병들이 부딪쳐 부서지고 와르르 과일 탑이 쏟아지고 거꾸로 매달린 건어물들이 바닥에서 헤엄치는 동안 꽃 속에서 그녀는 아프다

거인은 그녀에게 나비 그리는 일을 당장 멈추라고 한다 꽃을 빠져나가면 꽃의 언어는 쓸데가 없다고 열매도 없이 떨어져 버린다고 하지만 나비 그리는 일을 멈출 수는 없지 꽃 피우는 일을 놓을 수 없지 구름에 떠밀리듯 낭떠러지 같은 슈퍼에서 갇혀 살 수는 없지
그녀는 시든 꽃잎 속에 또다시 나비를 그려 넣는다

벽을 열고 나가버리는 거인의 등 뒤에서 몸을 일으키는 그녀
불러도 닿을 수 없는 이름으로 다시 나비를 그리는 일

나비로 집을 짓는 일 만질 수 없는 허공을 그리듯 온몸으로 그려내는 나비, 나비, 나비

벽 허물고 날아가는 소리 들리지 않니?

가계家系

뚝딱!
바람이 도깨비방망이를 휘두르며 지나가는 기라

시인의 공원 앞에는 도깨비가 여는 국시 가게가 있지라 자시에서 묘시까지 도깨비들이 출몰한다는 때를 골라 입맛에 딱 맞는 문장을 파는 가게, 문을 열고 들어서면 도깨비들이 늘어놓은 걸쭉한 농담과 실담이 벽에 붙어 있지라

희고 슴슴한 국시를 한 그릇 먹자면 갈등과 옥신각신이 생략되고 후루룩 후루룩 국시발이 잘도 넘어가지라

말의 반죽을 치대 끝없이 말을 뽑아내는 도깨비! 토씨를 붙였다 뗐다 행간을 좁혔다 늘렸다 하면 구름, 황소 뒷다리, 수수깡, 부지깽이, 호랑이 줄무늬 같은 목록들이 뚝딱! 뚝딱! 나오는 기라

때로는 벽에 쿵! 부딪혀 시를 쓸어 담는 빗자루로 둔갑하기도 하는 기라

국시랑 찌그러진 양은 주전자에 막걸리 다 비워지고 첫닭이 울면 가게 앞 목련도 문장 하나 하얗게 내밀어 보는 기라

명랑한 귀가

하루가
우르르 발아래로 명랑하게 쏟아진다

슈퍼우먼 아줌마
똑! 똑! 똑!
구두 소리 경쾌하게 울리며 나가신다

집으로 향하는 똑! 똑! 똑!
빨간 구두의 명랑한 슈퍼우먼

해를 삼키고
달을 토해놓은 하늘도 고요에 닿은 밤
빨간 구두의 그림자가 길다

  밤을 밟고 가는 구두 소리
똑! 똑! 똑!
벽에 튕겨 더 경쾌해진다

뒤꿈치가 벼랑 같아도 들키고 싶지 않은

명랑한 슈퍼우먼

밤의 바깥으로 걸어가는
심장 소리가 오늘따라 더 크게 들린다

문門

아이가 과자 봉지를 들고 나가다 삑!
문을 통과할 수 없다

과자 봉지를 들고 두 발을 동동 구르는 아이
아이의 체념이 자라는 사이

한때
내 안의 빗장을 친 문이 열린다
머리를 양 갈래로 묶은 어린 나에게
네 스스로 문을 열고 나가라는 아버지를 향해
마음의 돌을 던졌었다

도대체 풀리지 않던 빗장

문 저편에서 누군가 내 이름을 불렀지만
내 귀엔 들리지 않던
좁은 문

아이를 부르는데 심장이 들썩인다

바코드를 모르는 아이의 눈 속에
내가 서 있다
멀리서 밤을 적시며 혼자 걸어오는 빗줄기가 있다

안녕, 월요일

어서 오세요 안녕히 가세요
앵무새 같은 말과 계산대 옆에서 계산되지 않는 오늘을 계산하고 있다

우리는 모두 안녕하고 싶어서
안녕! 안녕? 마술을 건다

1105호 희망이는 사탕 한 알을 볼이 미어지게 물고 나갑니다 안녕, 안녕, 505호 멋쟁이 아줌마는 추리닝 차림으로 들어와 어제를 다 비우지 못했다고 소주 한 병 들고 힐끔힐끔 나갑니다 안녕, 작업복에 페인트 범벅인 사내는 보름달로 만든 빵과 우유를 낡은 가방에 넣고 갑니다 안녕, 늘 강아지를 안고 다니는 605호는 오늘 보이지 않습니다. 그래도 안녕, 안녕

어디론가 바쁘게 향하는 분주한 기분들
우리 모두 안녕! 안녕?

메아리처럼 돌아와 나의 안부도 물어야 하는

날아라, 새들아

작은 새 두 마리가
손을 꼭 잡고
슈퍼로 들어온다

어미는 이국으로 날아갔고
키워주던 할머니는 돌아가셨다
절망에 이마를 부딪친
어린 새들

옷깃에 흙이 묻은 채
과자 코너를 서성인다
어린 새가 더 어린 새에게
과자 하나를 집어주고
꼬깃꼬깃한 오천 원짜리
한 장 내민다

접힌 시간의 모서리마다
왈칵 쏟아지는 오후
봄바람에 파닥이는 작은 잎들
날아라, 새들아

우리는 껌처럼 살아가잖아요

마트로 배달 온 두부 장수에게 커피 한 잔 건넵니다
거참! 황당한 일이유 내가 무슨 생각에선지 씹던 껌을 종이에 싸서 버렸걸랑유 그리고 두부 배달하고 나서 차를 막 출발하려는디 어떤 아줌씨가 차 앞을 턱 허니 가로막잔아유 의아해서 고개를 빼는 내게 글씨 갑자기 무언가를 얼굴에 확 집어 던지는 거시유 바닥으로 떨어진 종이를 펴보니 아 글쎄 내가 금방 씹다 버린 껌 아니것슈 무안혀서 얼굴이 불을 지른 듯 달아오르는디 그 아줌씨는 계속 무어라 궁시렁거리잔유 미안하다 고개를 주억거리고 오긴 했는디 아 그때부터 그놈의 껌이 얼굴에 달라붙어 영 떨어지지 않는 거유 남은 두부를 다 배달할 때까지 껌이 착 달라붙어 영 떨어지지 않는 거유 일을 떡 치고 집에 돌아와 잠들 때까지도 맴을 떡 치더니 꿈에서조차 그 아줌씨가 씹기 전 파르라니 날 선 껌으로 내 얼굴을 야멸차게 후려치는디 사실 나는 쓰레기도 함부로 버리는 사람이 절대 아니쥬 왜 씹다 버린 껌이 되고 말았는지 영 모르것슈 에유 이놈의 두부 장사 때려치우고 말까 봐유
껌딱지 같은 두부 상자를 어깨에 메고 링링이 휘몰아

치는 오후 속으로 두부 장사는 가고 마트 의자에 앉아
내 안의 껌을 헤아려 씹는 동안 파란 하늘이 쭉쭉 늘어
나 햇빛 풍선을 마구 터트리고 있다

오후 2시의 갈등

오후 2시가 되면 어김없이
마트 문 앞에 좌판을 펼치는 할머니
마트를 찾는 손님을 불러 세운다

소일삼아 하시겠지 눈감아 주었다
칼바람이 쭈글쭈글한 살갗을 파고들어도
할머니의 좌판은 그대로였다

마트 주인 처지에서 보면
할머니는 캄캄한 벽이다
마트 주인의 마음은 검게 타들어 간다

이봐 아줌마!
청국장 갖다 먹어 봐 아주 맛나!

낭떠러지를 건너 내달리던 마음
구부정한 등으로 찬바람이 지나가고
뭉클하게 올라오는 연민

긴 생을 살아도
사람은 여전히 비 또는 바람

마트 주인의 얼굴이 붉어진다
오후 2시가 되면 만지작거리는 갈등

비바람 그치면 햇빛이 찬란한
봄, 봄, 봄.

조용히 흐르는 수화

팔려는 의지와 허기를 달래려는 당신의 의지가 창문을 열고 초여름의 잎을 키웠을까

긴 그늘을 달고 있던 나무가 초록의 잎을 키우는 계절을 보네

그의 얼굴은 막 사막을 건너온 듯했네

모진 시간을 걸어온 듯 검게 그을린 팔과 머리카락은 검불처럼 구불거렸네 그의 늙은 낙타도 창밖에 우두커니 서 있을 것 같았네 그가 건조한 입술로 "바아압"이라고 했네 처음부터 없던 말처럼 짓눌려 오던 발음, 마트 주인은 알아듣지 못하고 빤히 그를 올려다보네 그는 다시 먹는 시늉을 하며 "바아압"하네 밥? 주인이 그를 따라 먹는 시늉을 하자 그는 엄지손가락을 치켜세우며 고개를 끄덕이네 이번에는 “꼬꼬꼬” 하며 날갯짓을 해 보이네 닭? 진열장 안의 닭을 가리키자 그는 이를 하얗게 드러내고 웃네

치켜세운 엄지손가락에 그의 사막이 와 뜨겁게 흩어지네

그가 비닐봉지를 들고 사라져 가네
뒷모습에 허공이 잠깐 흔들렸네
어디서 조용한 물소리가 들리네

모래성

뱃고동이 길게 울리는 건 주문이
들어온다는 거예요

한라아파트 503동 1003호에서
싱싱한 파도를 곁들인 자반고등어를 주문했어요

직원이 배달 간 사이
사내가 들어와 상추 깻잎 양념장과 석쇠를 주문했어요

뭍것들과 바다가 섞이는 동안
모아둔 나의 하루치가
사내와 함께 감쪽같이 사라졌어요

파도가 밀려올 때마다
나의 하루는 먼바다로 쓸려나가요
슈퍼는 모래성이라 자주 무너져요
벚꽃이 창밖에서 무너지듯 말이에요

밀물에 밀려나다가

썰물에 빠져들다 허물어질 궁전이라도
이곳이 나의 영역이에요

모래성을 내일도 쌓을 거예요
내일이 모래성이라도 내일을 쌓을 거예요

3부

모서리가 있는 하루

저물어가는

현관 밖에서
비밀에 발목 잡혔다
까치발을 하고
숫자를 차례대로 누른다
아무리 눌러도
풀리지 않는 비밀

비밀에도
비밀이 만들어진 걸까
비밀번호가 비밀을 잠그고
문이 문을 잠가
문은 튼튼한 성벽이 되었다

머릿속에선 비밀스럽게
망각의 나무들이 자라나고
나뭇잎이
머릿속을 온통 감싸 비밀을 찾을 수 없다

잎들 사이로

얼핏 얼핏 비밀의 조각들이
보이다 사라지고
저물어가는 나는 벽처럼 쓸쓸하다

무게

소의 눈물이 보인다
그 속에서 함께 울어주는 나도 보인다

S자 갈고리에 걸린 주검이 있다
저 생은 왜 걸려 있을까

등짝에 붉은 혹은 푸른 도장이 찍혀 있다
일 등급 투 플러스를 찍었다고
가장 화려한 생은 아니었을 것이다

목심 등심 채끝 양지 사태 우둔 설도
부위별 무게는 저울추에 달아 팔 수 있지만
저 한 생의 무게는 어떻게 달아 팔아야 하나

피어난 마블링
그 침묵의 덩어리를 떼어내어 저울 위에 올린다

몇 그램이 모자란다고 더 얹거나
몇 그램이 넘친다고 잘라낼 때마다

몇 그램의 죽음을 옮기게 된다

아무도 모를 것이다
그 속에 내 삶의 무게도 조금씩 섞어 파는 것을

주검의 무게를 잴 때마다
내 삶의 무게도 같이 잰다

아득한 소의 눈물을 생각한다
커다란 눈 속에 분홍 패랭이꽃이 피었다 지는

건조주의보

의사는 내 눈에 가뭄이 들었다고 했다

나는 페로제도의 안개 섬 바람 소리를 눈에 넣었다 블라디보스토크 횡단열차 덜컹거리는 소리가 눈에 밟혔다 북풍이 툴라의 자작나무에서 은빛을 털어내는 소리도 눈에 묻었다 눈에 밟혔다 하루에 다섯 번 들리던 이스탄불 '아잔'의 소리 눈에 고였다 티베트 고지에서 룽따가 오색으로 펄럭이는 소리 눈에 들었다 앙코르와트 통곡의 방에서 가슴 치는 소리 눈에 남겼다 호주머니에 손 찔러 넣고 불던 그 휘파람 소리 무심결에 나오는 딸꾹질 소리까지 눈동자 속으로 뛰어들었다

핏발선 눈, 압축한 소리들이 캄캄한 시간을 걸어가며 돌팔매질을 한다 눈에 버석거리는 눈물 한 방울 흘려 넣었다 눈을 깜박할 사이도 없이 가쁜 눈동자에 가뭄 심한 내 마음의 적막한 명치끝에

입안이 수상하다

불면의 날들이 부쩍 늘었다

꽃은 자정 너머까지 피는데
사방이 날짐승이 돌아다닌 것처럼 구석만 보인다

하얀 막과 붉은 반점들로
입안이 수상하다
부은 잇몸과 목구멍 가까이 들어차는
통증들

별을 수없이 세는 동안
달이 기울고
어제 같은 오늘을 데려다 놓는다

부르튼 지난밤을
더 짙은 립스틱으로 가리고
입안을 다독여 본다

오늘의 밥이
어제의 입안을 지운다

어떤 장례식

초파리들로 온 집안이 비상이었다
가족들은 파인애플 껍질이 원인일 거라 했다

구석구석 에프킬라를 뿌려도
죽어가면서 종족 번식을 위해 고군분투했는지
다음날에도 그다음 날에도 여전히 집안은 초파리 세상
이다

베란다에 빨래를 널다가
한구석에 놓여 있는 호박에서 바글바글한 초파리를 본다

낌새가 이상했다

꼭지를 들어 올리자
물이 주르륵 흐른다

호박이 초파리들을 위해 물컹물컹해진 거다
자기 몸을 조금씩 드러내며
저들에게 젖을 물리고 있었던 거다

호박은
한 모금이라도 젖을 더 물리려는 어미처럼
바닥에서 잘 떨어지지 않았다

간신히 호박을 들어내자
초파리들이 새까맣게 떼로 따라왔다

머나먼 풍경

은행나무 길옆에 작은 집 한 채 짓거나
눈이 내려도 쌓이지 않는 뾰족지붕 한 채 갖는 것

하늘 너머 꿈 대신
오늘도 생활을 옆구리에 끼고
시간을 분초로 쪼개 쓰는 나는

TV를 틀어놓고도
낮에 거둬들인 깻잎과 늦고추를 다듬고
다슬기를 까고 빨래를 널고 개키는
일상이 홍수인
나는

해가 중천에 뜰 때까지 허리가 뒤틀리도록 자거나
텃밭 야채들이 성큼 웃자라도록 놔두면 안 되나

환한 전등 아래서 향 깊은 커피를 마신다는 건 기적
뜨개질이나 할까 책이나 읽을까 고민한다는 건 사치

오늘의 집을 짓다
지붕 얹을 자리에 노란 은행잎이 쏟아지는 걸 바라본다

이것도 일탈이라면 일탈

한 여자의 마술

그 여자는
새를 날리기도 하고 느닷없이 꽃을 피우기도 해

그녀를 아는 사람은 몸에 못이 박힌다
그녀도 자신의 몸에 못을 깊이 박는다

입으로는 횡설수설 몸으로는 비틀비틀 노상 있는 노상방뇨, 네 것 내 것 가리지 않고 부수며 엉엉 울다 길바닥에 대 자로 드러눕는 여자

더 기막힌 마술은
그녀의 모든 말이 나무 끝에서 뜬구름으로 변신한다는 거

오늘도 술의 마술에 걸려
벌겋게 녹슬어 꿈쩍 않는 못 박힌 마음이
데구루루

몇 번 요양원을 다녀와서도

술이 술술 그녀를 마시는 날에는 어김없이 마술이 펼쳐진다

돌아보면
누구나 못 하나쯤은 박고 사는 터라

오늘의 날씨

특별시는 발 딛는 곳마다 안개 속이라고 특별한 고백 없이 저문 얼굴에 말을 건네네

세든 단칸방도 특별해 무엇이든 손닿는 요술 같은 방이야 거울을 손에 들면 갖고 싶은 것들은 모두 거울 속에 있고 특별한 곳에 닿기 위해서 특별한 화장을 매일매일 해야 하는 어둠의 기미를 들키지 않아야 하는

아이 돌봄이도 특별한 선택 없이 선택해 선택된 얼굴은 수시로 명랑해야 했지 툭툭 떨어지는 우울을 두 팔로 휘휘 내저으며 특별한 밥을 위해 특별히 대출된 생활을 위해 밀린 방세를 위해 방언처럼 터져 나오는 비명을 꾹꾹 누르며

다만 오늘의 날씨는 궁금해

어쩌다 특별한 날씨에는 밖의 시끄러움도 음악이 되고 콧노래를 부르고 대공원에도 가고 특별히 데려온 추억이 화창해 처음 보는 사람에게 랄랄라 인사하는 특별한

특별시 시민이 되었던

하루도 있었지

붕어의 집

붕어를 구워내는 여자의 손놀림이 바쁘다

그녀의 손에서
잘 구워진 붕어가 나온다

무쇠 화덕에서
팥으로 내장을 채우고 뜨거운 열기로 살을 부풀려
부화하는 붕어들

무쇠 빵틀을 뒤집을 때마다
붕어의 한 생이 완성되어 툭툭 튀어나온다

눈 맞으며 가던 사람들이
제집처럼 들어와 언 손을 녹이고
붕어빵 한 봉지씩 들고 눈발이 휘몰아치는 거리로 나선다

젖은 발자국 소리가 멀어질 때
무쇠 빵틀 속에선 붕어들이 다시 태어난다

마지막 어둠을 주르르 쏟아붓고
강철 같은 여자가 마음의 아득한 벼랑을 잡고 버티고
있다

뚝배기

어머니 산소에 잔디를 입히고
돌아오는 길에 뚝배기 국밥집에 들렀다

김이 모락모락 나는 선짓국을 시켜놓고
죽은 피를 후후 불어먹었다

삶의 밑바닥을 쉼 없이 달궈가며
날것들을 순하게 다독이던 뚝배기
뚝배기처럼 견디던 어머니

무를 툭툭 자르고
파를 설겅설겅 썰고
콩나물을 데쳐 넣고 마지막으로
당신의 선혈 한 줌 넣어
펄펄 끓여주던 국밥

그 속에 보글보글 끓어 넘치던 날들
더운 그릇 하나

의성 사촌리 뒷산에
엎어진 채로 푸른 봉분이 된
뚝배기 하나가 있다

영혼 수선공*

건물 모퉁이를 돌면
컨테이너 박스로 된 영혼 수선집이 있다

온종일
카세트에서 여가수의 트로트가 흘러나오고
수선공이 까딱까딱 발장단을 맞추다가 나를 보고 웃는다

옆구리 터진 신이나 밑바닥 없는 신을 곁에 두고
신과 함께 늙어가는 수선공

내민 나의 신을 살핀다

나의 신에는
기워도 뚫린 구멍과
터진 생활처럼 삐져나온 발가락의 흔적과
닳고 닳은 날들이 있다

수선공의 카펜터스 에이프런이 느슨하게 풀려 있어 묶어주자

궂은 비 내린 영혼마저 한 땀 한 땀 깁는다

온전해진 신을 내게 내민다
다시 길 위다

* KBS2 드라마 제목에서 따옴

분홍에 눈먼 벌의 비명

철쭉꽃에는 독이 있다는데
독 그물에 걸려 허우적거리면서도
분홍 향기에 청밀을 꽂는 벌

꽃과 함께
뜨겁게 죽자는 것인가

분홍 철쭉이 벌을 찌르는 환한 봄
그 풍경을 몸 기울여 들여다본다

꽃밭에서 잉잉거리는 벌
화단을 따라 도는 진분홍의 독기

벌에게는 그림의 떡인 철쭉
맛볼 수도 없는 꽃
그 위에 앉으려 애쓰는 슬픔

바람이 꽃대를 흔든다
황나꼬리박각시가 날아와 먼저 앉는 찰나

몇 겹 주름 속에
열정과 냉정을 감춘 꽃가지가 숨죽인다

한 치 앞을 모르는 벌이
열흘 붉은 철쭉 곁을 돌고 있다

몰두

만두를 빚는 손등 위에
한 마리 파리가 잠시 머무르다 날아오른다

눈이 그 가벼움을 따라간다
곡예 하듯 날아오르다 천천히 한 자리를 맴돌고 있는 파리

그 아래엔 한 권의 시집이 펼쳐져 있어

파리가 시를 읽는다
시를 읽겠다고 펼쳐진 시집 위에서 묵언수행 중이다

좌에서 우로 우에서 좌로
다시 위에서 아래로 아래에서 위로
시가 좀 어려운지 연신 머리를 갸우뚱거린다

두 손으로 침침해진 눈을 비비고 다시 읽다가
그래도 이해 불가인지 조금 더 높이 날아오른다
좀 더 멀리서 봐야겠다는 듯

집중하려는 저 몸짓

나도 시에 저렇게 몰두한 적 있는가

일제히 매미

한바탕 소나기 지나자
매미가 운다 일제히 여름이 운다
여름의 울음을 안고 여름이 운다

매~앰 매~애~앰
울음을 따라 여름을 지나가라 운다
두 번 다시 울 수 없으니 실컷 울겠다고 운다

땅속 긴 시간의 어둠을 토해내고
세상에 나와 한 이레 울어 보면 세상을 알지 않겠냐고
오랜만에 네 울음이 아닌 내 울음에 귀 기울여보라고

기다린 생은 금세 지난다고
언제 가슴 저미도록 생의 진저리를 쳐 보았냐고

폭염이 울 때
붉은 여름이 저물어가며 울 때
열병처럼

한목숨이 한 이레 지나가는 소리에
나도 풀풀 날리는
한여름에

차차차

오늘의 바람은
안으로 말리거나 뭉개져 어두워져요

뿔 달린 짐승처럼 불쑥불쑥 치받는
사납게 울부짖다가 꽃이라도 만나면 모가지를 떨어뜨리는
오늘의 바람

비닐봉지가 새처럼 날고
측백나무 울타리가 거친 파도를 타고
소나무의 팔 하나쯤 부러뜨리는 것은 일도 아닌
저 나선의 바람을 좀 보세요

영산홍 꽃잎을 들추는 것이
계집아이 치마를 들추던 것이
봉긋한 가슴에 쉴 새 없이 들락거리는 것이
구두의 뒤꿈치를 따라오는 것이
바람이었다고요

오늘의 바람으로
연습 없는 삶이 자꾸 곤두박질쳐요
그런데도 뿌리칠 수 없는 바람이네요

저 바람도 허기져
허공에서 잠들 날이 있을까요

류봉씨를 찾습니다

경운기가 대한민국의 자가용이라던 류봉씨 자가용으로 종일 폐박스를 찾아다니던 류봉씨, 고요와는 도무지 어울리지 않는 류봉씨, 길을 송두리째 전세 낸 듯 휘젓고 가는 류봉씨, 자가용 위에 백합을 꽂고 태극기 펄럭이며 가는 류봉씨, 서부영화 주인공처럼 밀짚모자를 쓴 류봉씨, 시커먼 선글라스에 빨간 망토를 두른 류봉씨, 빽 바지에 빽 고무신을 신고 총알 없는 장난감 권총을 찬 류봉씨, 주위의 시선에도 아랑곳하지 않는 류봉씨, 골동품 쳐다보듯 지나가는 사람들이 힐끔힐끔 쳐다봐도 콧방귀도 뀌지 않는 류봉씨, 유명 인사 같은 류봉씨, 가끔은 알 듯 모를 듯 슬픈 미소를 짓는 류봉씨, 박스 줍는 것에 목을 맨 류봉씨, 늙은 광대 같은 류봉씨, 봉황새가 날개를 펼친 듯 고고한 자태로 달려가기도 하는 류봉씨. 태평성대를 외치던 류봉씨, 무성한 소문을 끌고 다니는 류봉씨, 그런 류봉씨가 며칠째 보이지 않는다 세상이 너무 조용하다 혹시 어느 선술집에서 껄껄껄 막걸릿잔을 기울이고 있는 류봉씨를 본다면 연락해주세요

쌓여 있는 폐박스로 사례하겠습니다

4부

바스락거리는 인연

흰 양말에 밑줄을 긋고

한쪽이 뒤집힌 양말을 신고 간다
오늘의 생각은
발꿈치가 해진 양말에서 시작하여
발목이 늘어난 양말
잘못 빨아서 얼룩덜룩한 양말로 나아가더니
양말 모양의 구름도 보인다
나를 따라오는지 가을을 따라가는지
구름들이 흘러간다
순백의 양말을 신고 가지 못했던 길
길의 대부분을 뒤집어 신은 양말로 걸어왔다
그 속에서 자꾸만 움츠러들던 발가락
양말 안쪽의 안부가 궁금하다

사춘기

학교 울타리 너머는 주렁주렁 열린 사과가 우리를 유혹하는 과수원이 있었어요 울타리 밖에서 까치발을 들고 손을 뻗으면 우리들은 모두 모르는 사과의 표정이 되었어요

몰래 따던 사과보다 개 짖는 소리가 먼저 들렸죠 사과를 매단 사과나무 가지가 우리들 앞으로 조용히 오고 있었죠 도망쳐야 하는데 발이 작아서 걸음을 멀리 뗄 수가 없었어요 휘가 내 손을 끌고 학교 후문 개구멍을 향해 뛰었죠 그날,

우리는 손에 꼭 쥔 풋사과를 베어 물었죠 사과즙이 입안에 떨떠름하게 맴도는데 개구멍을 빠져나오다 찢긴 치마가 사과밭 쪽으로 펄럭이고 있었어요

아직도 저 무수한 사과나무에 꽃이 피면 그 동무들이 보고 싶어 봄의 울타리 앞을 서성거려요

오늘 밤 어디선가 사과 하나가 쿵 떨어지고 있네요

구석을 품은 말

달이 사는 통나무집
문을 벌컥 열고 들어선 우리는 불청객

오늘 밤의 목적은
달을 쭈그러뜨리는 일

얼마나 어두워지나

우리는 구석에 기대앉아
말을 따르고 말에 부딪치고
말들로 불콰하게 깊어지는 밤

우리는 호주머니에서 모두 말을 꺼냈다
일그러진 달 하얀 달 푸른 달 까만 달

정해놓은 규칙 밖으로 튕겨 나갈 듯하다가
금세 안으로 당겨지던 말들

구석이 점점 둥글어져서

통나무집은 오히려 환해지고

창문을 활짝 열어젖히자
밤하늘에 뜬 만월

메모를 해야겠다
구석의 말들도 환해질 때가 있어서 오늘 밤 목적은
실패했다, 라고

소용돌이치는 그림자

그날
화려한 조명 아래 나는
낯선 말들이 오가는 귀퉁이에 서 있었네

어울리지 않은 옷을 걸쳐 입고
불쑥 올라오는 말을 끝내 누르고
고요한 사람이 되었네

즐거운 말과 꽃들이 즐비한 파티장
찬 어둠을 들이켰네

카메라 플래시가 터질 때마다
내 안의 구석들이 환하게 보였네

마술처럼 사라지고 싶었는데
대리석 바닥에 발목이 붙들려 있었네

어떤 열망으로
거룩한 파티장에 머물렀을까

거룩한 말과 더 거룩한 말이 끝날 줄 모르던
그날의 그림자

낯선 말들이 오가는 귀퉁이에서
나는

눈으로 말해요

눈으로 말하는 행성에 불시착한
그해 사월은 돌아갈 발자국이 지워졌다

얼굴과 얼굴이 의심에 빠져 기울어진다
무성한 소문에 흔들리는 것들은 검은 마스크로 가린다

오후가 두리번거리고
허공이 어두운 여백을 만들어 가는 시간
불규칙한 들숨과 날숨이 입술을 키워 표정이 바뀌고

견디던 얼굴이
미간을 좁히던 얼굴이
나보다 먼저 타인이 된 얼굴이
미처 냉정을 데려오지 못한 얼굴이

외출할 수 없는

한 번의 방심에 꽃잎처럼 날리는 얼굴
누군가 CCTV 속에서 지고 있다

아득한 손

겹겹의 겨울바람 속으로 엄마를 떠나보내고
말없이 웅크려 있는 부엌은 아픈 곳이 되었다

그릇들마다 가 닿은 햇살이 눈부시다
먼 곳을 돌아온 슬픔이 묻어나는 저것들
그 반짝임에서 붉은 울음이 묻어 나온다

손이 쩍쩍 달라붙던 문고리엔
빨건 고춧가루 묻은 손이 있다
언니들 몰래 맛난 것을 쥐여주던
때론 찰싹! 등짝을 때리던 손이 있다

먼 훗날이라는 게
알고 보면 순간이라는 걸 알게 되고

생활을 쓰다듬느라 손마디가 굵어져
내 손도 실금 가득한 엄마 손을 닮아 간다

찬바람이 쾅! 닫아버린 문 앞에
세월을 밥알처럼 주워 먹는 내가 서 있다

큰 도화지에 점 두 개가 찍힌 것처럼

추위에 귀를 내줘 소리 없는 눈이 내린다

눈은 푹푹 쌓여가고

엄마 따라 외갓집 가는 길
큰 도화지에 점 두 개가 찍히는 길이었다

엄마 발자국 위에
내 발자국을 포개며 가는 길

엄마 발자국은 내가 덮고 내 발자국은 눈이 덮고
엄마와 나는 앞만 보며 걷다가
굵은 눈발에 모두 흰 눈으로 변해
엄마가 나를 업고 뛴다

머리에 인 보퉁이가 어린 눈에도 위태로워
엄마의 거친 숨소리를 두 손아귀에 꼭 쥐고

끝없이 모퉁이를 돌아 도착한 외갓집도

눈의 나라

휘몰아치는 눈발은 더욱 굵어지고
언 손등 같은 하루가 삭정이처럼 저물었다

리틀라이언*

사자의 머리통을 테이블 위에 올려놓는다
숫자 60을 꽂고 그 위에 뾰쪽한 촛불을 켠다

사자의 머리통이 환해지고
둘러앉은 사람들의 눈빛이 반짝인다

케이크가 녹기 전 서둘러 노래를 부르고 박수를 친다
어색해하며 고깔모자를 쓴 사람이 후-ㄱ 촛불을 끈다

처음 당하는 일처럼
진지하게 그가 말했다
누가 나이를 먹는다고 처음 말했을까?

저절로 먹힌 세월이 억울하단 듯
감춰진 말들을 술잔에 푼다

사자의 머리통을 반으로 잘라
코와 입부터 먹기 시작하여 속까지 다 파먹어도
비명도 발톱도 세우지 않는 사자

파티를 끝낸 사람들이
검은 갈기를 쓸어 넘기며 뿔뿔이 흩어진다

그 자리에
뽑아놓은 60이란 숫자만 뼈처럼 남아 있다

* 아이스크림 케익

일박이일

제주는
푸른 바다와 뜨거운 태양과 쉽게 잠들 수 없는 밤과
그 위를 걷는 내가 있다

포말을 일으키며 부서지는 파도와
깔깔거리는 웃음을 들어 올린 구름

바지를 걷고 바닷물 속에 들어서자
햇살에 더 희게 빛나는 살들

차르르륵 차르르륵 마음이 젖고
와글거리던 내 안의 말들이 파도에 씻겨 나간다

사람들이 포즈를 취하며
사진기의 셔터를 누르며 붉은 노을을 걸치고

이 아름다운 해변에
누가 내다 놓았나
플라스틱 의자 같은 이 기분

모래사장에 찍힌 발자국에 내 발자국을 포개 본다
낯설디낯선 사람의 온기가 느껴진다

모래밭에 일박이라 쓰고 일탈이라 읽는다

OK!

봄밤
전화선을 타고 들려와
두 손 마주 잡고 할 수 없는 안부 인사
미국으로 시집간 숙이의 목소리가 뜨겁다

원어민 발음으로 안부를 묻는 숙이에게
나는 잠기는 목을 풀어 아득한 시간 너머를 불러낸다

영어가 꼴등인 우리는
영어책을 읽으라고 해도 OK!
영어로 질문해도 무조건 OK!
순간마다 우리는 OK, OK, 그러다 KO! 되었는데

지금은 전화기 저편에서
버터 바른 모국어가 들려온다
전화선을 타고 단발머리 숙이가 달려온다
시험 성적이 끝에서 3등 올랐다고
끌어안고 울던 교실도 보인다

꽃 지고 세월 불고
세월 불고 꽃 진 풍경이 전화선 속에서도 보이다니

우린 동시에
봄밤에 대고 OK!를 외친다
우리의 인생도 이대로 오케이라고

인연 하나 보채듯 창문을 흔들 때

덜컹거리는 길을 질주하다가 속도를 늦춘다
덩그러니 혼자 남은 새벽녘

길 위에 두고 온 인연이 창문을 흔들 때
그리운 기억 하나 창문 틈을 비집고 들어온다

청소 시간이었을까 내가 바닥을 쓸고 있을 때
그가 젖은 밀대를 내팽개쳤다
내가 빗자루를 그에게 집어 던졌던 것 같기도 하다

전철을 타고 집으로 돌아오는 길
창밖에는 팔짱을 끼고
길을 걸어가는 사람들의 사이가 가까워
눈물이 나던 시절이 흐른 후

덜컹대는 하루가 문득 서러운 나이
잃었다 얻었다 많은 삶이
지나간 방향으로 몸을 돌리면 거기
다시 손잡고 싶은 인연 하나 창문 너머에 있어

뿌연 어둠 속으로 손을 뻗는다

새벽바람이 오래전 꽃을 다시 부르는 것 같아 창문을 연다

여행자의 자세

이천 지날 즈음
난데없이 버스 안에 울려 퍼지는

난이제지쳤어요땡벌땡벌기다리다지쳤어요땡벌땡벌

핸드폰 주인은 깊은 잠에 빠져 땡벌은 승객들의 잠속까지 날아들어 여기저기 웅성거리고

한 남자가 질겅질겅 껌을 씹으며 잠 밖으로 나와 최선을 다해 싸우고 있다
서로를 향해 뾰쪽하게 날아가는 벌침들

AEC8 어쩌라고 AEC8 어쩌라고……

계속해서 땡벌은 날아들고 핸드폰 주인은 우렁차게 코를 골고 C8소리도 지치지 않는다

땡벌의 남자가 핸드폰을 받자
AEC8 남자도 지쳤는지 잠잠해진 버스 안

저녁 햇살이 길게 손을 뻗어
생채기 많은 생의 오후를 가만히 어루만진다

핸드폰을 받을 때 떨어진 것일까 반으로 접힌 오천 원짜리 한 장이 버스 바닥에서 춤추고 있다

힐끔 쳐다보다 다시 의자 깊숙이 몸을 기댄다

여행자의 자세로

씨감자를 심는다

웃자란 풀을 갈아엎고
감자를 심기 위해 이랑을 만든다

갓 말아놓은 김밥 같은 이랑에
검은 비닐을 씌우고 툭툭 구멍을 내 씨감자를 심는다

차르르르
씨감자를 덮는 흙의 소리

씨감자들이 흙을 덮고 속삭이고
이랑 사이로 씨앗들의 두근거리는 심장 소리가 들린다

바람의 소맷부리가 땀방울을 거둬가고
새들은 쉴 새 없이 노래하고
진달래가 붉어

점점 부풀어가는

실한 열매는 흙이 좋아야 한다지만

씨가 더 좋아야 한다는 말이 떠올라
피식 웃음이 난다

흙 위의 소란도
나비처럼 팔랑팔랑 날아다니고 싶은 봄도
오늘은 모두 나의 것

만두 빚는 시인

만두를 빚으면서도 자꾸만 시를 생각해
목련이 지는 봄밤에도 모란이 겹겹이 피어나는 오월에도 사나흘 내내 눈이 그치지 않는 정월에도

하얗게 밀가루를 뒤집어쓰고 앉아 만두피를 만들고 만두소를 넣고 만두 귀를 접는 그때에도

때로 만두는 옆구리가 터지기도 하지
시의 옆구리는 터지지 않는 날이 없지

어쩌다 실수처럼 온전한 만두 하나쯤 만든다면
아, 그런 실수처럼 놀라운 시를 쓸 수 있다면

만두는 언제나 나를 눈멀게 하지
달도 넣고 봄빛도 넣고 묵은 슬픔도 다져 넣고 현기증 나도록 주물러야 하는 저녁

언젠가는 쳐다도 안 볼 그깟 시처럼
만두 따윈 빚지 않을지도 모르지

어느 바닷가에 앉아 흰 머리 흩날리며
해지는 것이나 한 스무 번 볼지도 모르지

만두를 찐다 저녁 해가 산 너머로 사라지고 한참이 지났지만 만두 빚는 손을 멈출 수 없다

다시 솥 곁으로 바싹 다가앉는다

■ 해설

시의 삶-되기, 삶의 시-되기

— 김미옥 시집 『목련을 빚는 저녁』

김　겸(시인 · 문학평론가)

본질적인 의미에서 예술의 임무는 "감각적 경험의 정상적 정보들을 중지시키는 것"(Jacques Rancière, 『미학 안의 불편함』)에 있다. 이 말이 다소 거창하게 들린다면 당연히 혹은 반드시 그 무엇이어야 하는 랑그의 체계에서 벗어나 지금껏 존재한 적이 없었던 새로운 지시체계를 발명하는 것이라고 부언할 수 있겠다. 이 낯선 발화는 마치 수학의 체계처럼 규율화되어 모든 것을 점의 형태로 종속시키는 거대한 존재자의 세계에 하나의 이견으로 자리한다. 이것이 시가 동력으로 삼고 있는 메타포의 존재론적 의미라 할 수 있다. 일상은 끊임없이 우리를 무감각하게 한다. 이 길들임의 과정이 곧 언어적 질서가 지배하는 상징계의 원리라면 이에 맞서는 이견적 발명은 이 규율체계를 위반하며 끊임없이 감각의 위계를 전복시킨다. 이것이 화석처럼 굳어진 존재자의 세계에 길항하는 시의 위상학적 자리다.

발명의 시학

이는 김미옥 시인의 방식으로 말하자면 만두가 목련으로 호명되는 세계라 할 수 있다. 전자가 일상의 세계라면 후자는 예술의 세계이고, 전자가 존재자의 세계라면 후자는 새롭게 접합된 존재의 세계다. 이러한 "예기치 않은 소통"으로서의 "바꿔 연결하기"(東浩紀, 『관광객의 철학』)는 삶-미학을 매개하는 미학적 실천이라고 할 수 있다.

목련을 빚는 겨울이 있다

겨울은 모서리가 지워지고
찜 솥에는 활짝 핀 목련들이 가득 들어 있다

눈은 분분이 내려
꽃을 빚는 저녁

젖은 햇빛 몇 줌과
붉게 지는 노을과
칼칼한 저녁 냉기와
들락거리는 바람을 꾹꾹 눌러 넣고
한 장 한 장 꽃잎을 일으키면

눈송이가 눈사람이 되듯

만두가 목련이 되는 밤이 있다

어딘가에서 목련은
차가운 꽃망울의 잠을 견디고 있고

이 저녁, 만두는 터질 듯 부풀어 올라
당신이 모르는 꽃이 된다

—「목련을 빚는 저녁」 전문

이 시에서 화자는 "모서리가 지워지"는 늦겨울의 저녁 어느 날 만두 아니 목련을 빚는다. 여기서 만두를 빚는 과정은 목련을 피워내는 자연물의 그것과 동일시되어 있다. 이는 단순한 색채와 모양의 유사성에 기반한 것이 아니라는 데 이 시의 놀라움이 숨어 있다. 먼저 꽃잎의 재료는 분분히 내리는 눈으로, 그 속에 "젖은 햇빛"과 "붉게 지는 노을"과 "칼칼한 저녁 냉기"와 "들락거리는 바람"이라는 소를 "꾹꾹 눌러 넣"어 "한 장 한 장 꽃잎을 일으키면" 만두는 하얀 목련으로 태어난다.

목련은 그저 시기에 맞추어 피는 게 아니다. 잘 알려진 서정주의 「국화 옆에서」와 같이 한 송이 꽃을 피워내기 위해서는 전 우주가 참여해야 하는 것이다. 목련은 어딘가에서 "차가운 꽃망울의 잠"이라는 인고의 시간을 견디며 봄을 기다리고 있다. 화자는 눈 내리는 차가운 겨울 만두를 빚으며 "터질 듯 부풀어" 오를 목련의 봄을 기다리고 있는 것이다. 봄은 그저 오는 게 아니다. 이 갸륵한 기다림이 곧 봄을 잉태하는 겨울의 노심勞心이기 때문이다.

벽지에서 지평선이 벌떡 일어설 때가 있다

사슴 한 마리 홀로 풀을 뜯는 들판
뜯어 먹힌 풀이 그의 속눈썹으로 자라는 과정과
길고 아름다운 그의 다리가
언덕을 떠나지 않는 이유에 대해 생각해본다

사슴 눈을 한 그가
사슴 따위는 되고 싶진 않다고 말할 때
나는 문득 물구나무로 걸어보고 싶었다

손바닥이 발이 되면
잠자던 근육들 단번에 일어서고
심장은 두리번거리고 발은 두근거리겠지

누군가 숨어서 거꾸로 걸어가는 나를 넘어뜨린 건지
낯선 풍경들이 어지럽게 펼쳐졌다 사라진다
사라진 풍경들 위로 휘청이는 몸,
꿈틀거리는 벽,

더듬더듬 꿈속에서 걸어 나와

아무도 발 딛지 않은 지평선의 푸른 핏줄 속으로

—「시계공의 사색」 전문

도주선의 맥락에서 보면 "손은 탈영토화된 과거의 앞발"(Gilles Deleuze, 『천개의 고원』)이다. 같은 이치로 인간의 입이 음식물과 소음이 아닌 말로 채워진 것도 마찬가지다. 그리하여 인간의 사유는 진화된 신체성의 지배를 받게 되기 마련이다. 그러나 이 시는 "손바닥이 발이 되"는 순간 새로이 열리는 낯선 풍경에 대해 노래함으로써 신체성의 전도顚倒를 꾀하고 있다.

이 시에는 제목과는 달리 '시계공'은 등장하지 않는다. 시계공은 의자에 앉아 작업대 위에서 눈에 확대경을 끼고 손으로 일한다. 좁은 공간에서 더 좁고 미세한 공간 속의 부품들을 손질하는 시계공에게 손은 절대적이다. 그런 화자의 눈에 "벽지에서 지평선이 벌떡 일어설 때가" 있는데, 그 풍경은 "사슴 한 마리가 홀로 풀을 뜯는" 목가적 들판으로 제시된다. 사슴의 눈을 가진 사람이 있다. 그러나 그가 풀밭 위의 사슴이 상징하는 바와 같은 평화로운 자적自適의 삶을 원치 않을 때, 화자는 "문득 물구나무로 걸어보고 싶었다"고 말한다.

그렇게 철저하게 탈영토화된 손이 원래의 영토인 대지에 가닿으면, 화자는 잃었던 몸의 감각을 되찾는다. 그런 의미에서 물구나무서기란 시계로 상징되는 문명의 세계(손)에 대한 거부이자 대지의 세계(발)로의 전복을 의미한다. 이를 통해 그동안 잠자던 근육이 일어서고 심장은 두리번거리고 발은 거꾸로 일어나 두근거리게 된다. 그러나 그 지속은 길지 못하다. 다시 손이 일하는 세계의 현실로 되돌아올 수밖에 없기 때문이다. 그러면 낯선 풍경들은 사라지고 화자의 꿈도 깨어진다. 그러나 그의 의식만큼은 "아무도 발 딛지 않은 지평선의 푸른 핏줄 속"으로 걸어간다. 손이 발이 되는 물구나무서기를 통해 시인은 전도된 낯선 풍경을 발견하고 그 속에서 자신만의 자유를 발명하는 것이다.

시인의 이러한 인식론적인 발명은 "뺨 한 대 갈겨버리고 싶"거나 "내지르고 싶은 말을 삼켜 버린 날들"(「그날의 묵비권」)에 대한 미학적 응전이다. 이처럼 침묵을 강요하는 세상에서 시인은 발견을 통해 발언권을 얻고, 발명을 통해 그 상징적 표석을 놓는다. 이처럼 시적 연금술이란 우리를 가두고 길들이는 공리계의 규약으로부터 벗어나 이에 찢고 틈을 여는 미학적 실천이라 할 수 있다.

슈퍼라는 이름의 성소聖所

시가 아무리 현실에 뿌리를 두고 있는 것이라 할지라도 자전적 상황을 시적 현실에 직접 대입할 수 없다. 이는 시를 왜곡하는 길이기도 하며 시를 현실에 복속시켜 그 형해만을 전시하는 꼴이 되고 말기 때문이다. 여기서 드러나는 슈퍼마켓 주인의 삶과 그 속에서 바라다보이는 세계의 모습은, 위에서 언급한 시계공의 그것과 다를 바 없다. 그런 의미에서 손의 자유가 구속된 채 한 곳에 눌러앉아 미세한 세계에 몰두하는 시계공처럼 이 시편들의 화자는 그렇게 서 있다 할 수 있다.

훨훨 날아
이 꽃 저 꽃 옮겨 다닌 나비씨
꽃 세상에 빠져 꽃놀이를 즐기다가

결제해드리겠습니다

나비씨의 옆구리를 긁어도
오늘의 당신은 결제할 수 없습니다, 라고 뜬다

지갑에서 몇 개의 카드를 더 꺼내도
나비는 더 날 수 없는
한도초과

나비 한 마리가
수십 종의 꽃에 앉았다 가는 날엔
텅텅 비어가는 신용에 식은땀이 흘러
지불할 게 많아 스스로에게 손사래를 칩니다

꿈을 결재할 수 없듯

눈부신 해변을 결재할 수 없듯

오늘은 길어진 당신의 골목만 결재하겠습니다.

—「당신을 결제할 수 없습니다」 전문

여기, "꽃 세상에 빠져 꽃놀이를 즐기"며 "이 꽃 저 꽃 옮겨 다닌" 나비씨가 있다. 그런 이유로 아무리 "옆구리를 긁어도" "텅텅 비어가는 신용"에 결제를 할 수 없다는 메시지만이 그의 오늘을 쓸쓸하게 증명한다. 몇 개의 카드를 꺼내도 마찬가지인 한도초과, 라는 신호는 그를 더욱 절망하게 만들지만, 이를 바라보는 화자의 시선도 그의 심정과 크게 다르지 않다.

화자는 그를 나비로 상징했거니와 더 날 수 없는 그의 현실을 단순하게 구매력을 상실했다는 즉물적인 상황으로 표상하지 않는다. 그것은 "꿈을 결재할 수 없듯/ 눈부신 해변을 결재할 수 없듯"이라는 말로서 그의 현실을 누구나 얻을 수 없는 구매의 한계로 치환하고 있다. 그리하여 화자는 그의 절망을 대신하여 "길어진 당신의 골목"만을 결재하겠다며 그의 초라한 현실을 위로하는 것이다.

거인이 발을 쿵쿵 찍으며 온다 슈퍼를 울리며 온다 그가 도착할 때까지 그녀는 파르르 떨리는 벽에 나비를 그린다 백만 마리의 나비를 모을 생각이다

벽 너머에서 오는 거인이 걸을 때마다 문짝이 흔들리고 커피포트가 나뒹그러지고 술병들이 부딪쳐 부서지고 와르르 과일 탑이 쏟아지고 거꾸로 매달린 건어물들이 바닥에서 헤엄치는 동안 꽃 속에서 그녀는 아프다

거인은 그녀에게 나비 그리는 일을 당장 멈추라고 한다 꽃을 빠져나가면 꽃의 언어는 쓸데가 없다고 열매도 없이 떨어져 버린다고 하지만 나비 그리는 일을 멈출 수는 없지 꽃 피우는 일을 놓을 수 없지 구름에 떠밀리듯 낭떠러지 같은 슈퍼에서 갇혀 살 수는 없지
그녀는 시든 꽃잎 속에 또다시 나비를 그려 넣는다

벽을 열고 나가버리는 거인의 등 뒤에서 몸을 일으키는 그녀
불러도 닿을 수 없는 이름으로 다시 나비를 그리는 일 나비로 집을 짓는 일 만질 수 없는 허공을 그리듯 온몸으로 그려내는 나비, 나비, 나비

벽 허물고 날아가는 소리 들리지 않니?

—「슈퍼 속의 거인」 전문

길어진 누군가의 골목을 대신 결재해 주는 따뜻한 연민의 화자는, "백만 마리의 나비"를 모을 생각으로 나비를 그리는 일에 열중하는 슈퍼 우먼, 그녀로 등장한다.

이는 분명 시작詩作의 행위에 대한 알레고리일 것인데, 이 혼자만의 "외로된 사업"(이상, 「거울」)은 거인으로 상징되는 현실의 압박 속에서도 절실하게 지속된다. 슈퍼는 현실적으로는 상업의 공간이지만, 그녀에게는 나비를 그리는 공간이다. 거인이 벽 너머에서 들어올 때마다 나비를 그리는 화실인 슈퍼는 만신창이가 되고 그녀는 끝내 아프다.

더욱이 상업의 공간이 슈퍼에서 거인은 그녀에게 "나비 그리는 일을 당장" 중단할 것을 요구한다. 거인은 이 슈퍼라는 공간에서 "꽃의 언어"는 쓸모없으며, 그것은 "열매도 없이 떨어"지는 실속 없는 것임을 분명히 한다. 이는 예술에 대한 대중적인 편견이지만, 기실 예술은 무용성uselessness에 기반한다. 진정한 예술이란 "현실의 교환 원칙exchange value에 순응하지 않는 손상되지 않은 사물들의 대변인"(Theodor Adorno, 『미학이론』)이기 때문이다.

현실적으로 아무리 나비 그리는 일이 하찮고도 쓸모없는 일이라 할지라도 그녀는 "꽃 피우는 일"을 멈출 수 없다. 이때 슈퍼마켓은 물건을 파는 세속의 공간이면서 그녀를 이로부터 초월케 하는 성소로 변모한다. 나비를 그린다는 것은 "구름에 떠멀리 듯 낭떠러지 같은 슈퍼에서 갇혀" 사는 그녀가 그릴 수 있는 유일한 꿈의 지도이기 때문이다. "불러도 닿을 수 없는 이름으로" "만질 수 없는 허공을 그리듯" 그리는 그녀의 나비가 마침내 벽을 허물고 날아갈 것이라는 것을 열망하면서 말이다.

성오省悟의 시간

물건을 담아주는 검은 비닐봉투가 "썩지 않을 슬픔"(「고래의 눈동자」)으로 고래의 숨통을 막는다는 사실에 가슴 아파하는 "미옥이네 슈퍼마켓"의 화자는, 이제 세상의 "모든 죽어가는 것을 사랑"(윤동주, 「서시」)하는 연민과 성찰의 시간에 가 닿는다.

소의 눈물이 보인다
그 속에서 함께 울어주는 나도 보인다

S자 갈고리에 걸린 주검이 있다
저 생은 왜 걸려 있을까

등짝에 붉은 혹은 푸른 도장이 찍혀 있다
일등급 투 플러스를 찍었다고
가장 화려한 생은 아니었을 것이다

목심 등심 채끝 양지 사태 우둔 설도
부위별 무게는 저울추에 달아 팔 수 있지만
저 한 생의 무게는 어떻게 달아 팔아야 하나

피어난 마블링
그 침묵의 덩어리를 떼어내어 저울 위에 올린다

몇 그램이 모자란다고 더 얹거나
몇 그램이 넘친다고 잘라낼 때마다
몇 그램의 죽음을 옮기게 된다

아무도 모를 것이다
그 속에 내 삶의 무게도 조금씩 섞어 파는 것을

주검의 무게를 잴 때마다
내 삶의 무게도 같이 잰다

아득한 소의 눈물을 생각한다
커다란 눈 속에 분홍 패랭이꽃이 피었다 지는

—「무게」 전문

흔히 고기meat라고 부르는 음식의 재료는 사실상 짐승의 사체dead body이다. 화자는 S자 갈고리에 걸린 고기를 주검으로 지시하며 소의 생을 연상한다. 그러나 소고기는 육질에 따라 등급이 구분되고 부위별로 무게를 달아 판매되지만, 화자는 "저 한 생의 무게를 어떻게 달아 팔아야 하"나 아득해 하며 "그 속에 내 삶의 무게도 조금씩 섞어 파는 것을" 아무도 모를 것이라 말한다. 이렇게 고기를 '주검'으로 '한 생'으로 변용시키는 생소화生疎化의 원리는, 모든 존재의 뒤안에 감춰져 있는 눈물을 생각하는 갸륵한 연민으로 이어진다.

초파리들로 온 집안이 비상이었다
가족들은 파인애플 껍질이 원인일 거라 했다

구석구석 에프킬라를 뿌려도
죽어가면서 종족 번식을 위해 고군분투했는지
다음날에도 그다음날에도 여전히 집안은 초파리 세상이다

베란다에 빨래를 널다가
한구석에 놓여 있는 호박에서 바글바글한 초파리를 본다

낌새가 이상했다

꼭지를 들어 올리자
물이 주르륵 흐른다

호박이 초파리들을 위해 물컹물컹해진 거다
자기 몸을 조금씩 드러내며
저들에게 젖을 물리고 있었던 거다

호박은
한 모금이라도 젖을 더 물리려는 어미처럼
바닥에서 잘 떨어지지 않았다

간신히 호박을 들어내자
초파리들이 새까맣게 떼로 따라왔다

—「어떤 장례식」 전문

존재의 슬픔을 속 깊게 이해하고 있는 시인은 '자기를 내어줌self-giving'이라는 고귀한 사랑의 의미를 성찰한다. 종교적 차원에서의 내어줌과 받아먹음이 신과 피조물 사이에서 발생한다면, 이를 우리의 삶에서 구체적으로 증거하는 것은 바로 어미와 자식의 관계이다. 이 시에서 집안에 바글바글 들끓는 초파리는 어디서 생겨난 것일까? 그것은 베란다 한구석에 놓여 있는 호박에서 시작된 것이다. 이미 물러질 대로 물러진 호박을 보며, 화자는 이것은 "초파리들을 위해 물컹물컹해진" 것이며 호박이 "저들에게 젖을 물리고 있었던 거"라고 인식한다. 자신의 몸을 아낌없이 내어준 호박이 어미라면 초파리는 호박을 먹고 자라난 자식인 것이다. 그리하여 "한 모금이라도 젖을 더 물리려는 어미처럼" 호박은 바닥에서도 쉽사리 떨어지지 않는다. 이윽고 호박을 떼어냈지만, 초파리들은 어미를 따라오듯 새카맣게 떼로 좇아온다. 그것이 곧 수백의 초파리를 먹여 키운 호박이라는 어미의 장례식인 것이다. 이처럼 사소한 일상에서 숭엄한 사랑의 장면을 포착하는 시인은 언제나 움켜쥠에 익숙한 우리 삶에 각성을 요구한다.

더 나아가 이러한 성오의 시간은 「붕어의 집」에서와 같이 추운 겨울 "마음의 아득한 벼랑"을 잡고 버티며 무쇠 빵틀에 붕어빵에 굽는 여인의 삶을 향한 위로와 격려로 이어진다. 가난하고 남루한 현실 속에서도 이에 치열하게 맞서 버티는 우리네 장삼이사들의 삶은 이 붕어의 집과 다를 바 없는 고단하지만 위대한 하루하루다.

그리하여, 차차차

슬픔의 자리에서 세계의 이면을 들여다보는 일에 익숙해지면 세속적 가치관과 점점 멀어져가는 자신을 발견할 때가 있다. 세상은 바야흐로 만화방창하고, 같은 무리들 속에서도 환한 자리가 있기 마련이다. 사람들은 화려한 곳을 찾고, 환한 맛을 한 번 본 자들은 다시 그 빛 속에 들어서기 위해 열망하기 마련인데, 화자는 그 반대편 아무도 보지 않는 그늘진 구석 자리에서 소외의 감정을 견디며 서 있다.

그날
화려한 조명 아래 나는
낯선 말들이 오가는 귀퉁이에 서 있었네

어울리지 않은 옷을 걸쳐 입고

불쑥 올라오는 말을 끝내 누르고
고요한 사람이 되었네

즐거운 말과 꽃들이 즐비한 파티장
찬 어둠을 들이켰네

카메라 플래시가 터질 때마다
내 안의 구석들이 환하게 보였네

마술처럼 사라지고 싶었는데
대리석 바닥에 발목이 붙들려 있었네

어떤 열망으로
거룩한 파티장에 머물렀을까
거룩한 말과 더 거룩한 말이 끝날 줄 모르던
그날의 그림자

낯선 말들이 오가는 귀퉁이에서
나는

—「소용돌이치는 그림자」 전문

화자는 화려한 파티장의 한구석에 있다. 누가 "낯선 말들이 오가는 귀퉁이에" 화자를 머물러 "고요한 사람"이 되게 했는가. 이것은 단지 화자의 자의식 때문일까 아니면 "즐거운 말과 꽃들이 즐비한 파티장"이라는 공간이 화자를 구석진 자리로 내몬 것일까. 낯선 말들과 폭죽처럼 터지는 플래시와 끝날 줄 모르는 "거룩한 말과 더 거룩한 말"은 화자를 주눅들게 한다. 그리하여 "찬 어둠"을 들이킬 수밖에 없는 그는 "마술처럼 사라지고 싶"은 마음을 간신히 견디며 "대리석 바닥에 발목이 붙들려" 자기 안의 깊은 구석들을 응시한다.

누구나 한 번쯤 주목받는 생이고 싶다. 그러나 대부분은 환한 스포트라이트 바깥에 자리한다. 부나방처럼 빛나는 곳을 향해 달려가는 이들도 있겠지만, '진정한' 시인이란 세상의 한 귀퉁이에서 찬 어둠을 마시며 그보다 더 깊은 자기 안의 어둠을 응시하는 존재가 아니겠는가. 그 안에 소용돌이치는 내 그림자를 보며 저 휘황한 세상을 향해 한 줄기 어둠으로 반성을 요구하는 것이 아니겠는가.

오늘의 바람은
안으로 말리거나 뭉개져 어두워져요

뿔 달린 짐승처럼 불쑥불쑥 치받는
사납게 울부짖다가 꽃이라도 만나면 모가지를 떨어뜨리는
오늘의 바람

비닐봉지가 새처럼 날고
측백나무 울타리가 거친 파도를 타고

소나무의 팔 하나쯤 부러뜨리는 것은 일도 아닌
저 나선의 바람을 좀 보세요

영산홍 꽃잎을 들추는 것이
계집아이 치마를 들추던 것이
봉긋한 가슴에 쉴 새 없이 들락거리는 것이
구두의 뒤꿈치를 따라오는 것이
바람이었다고요

오늘의 바람으로
연습 없는 삶이 자꾸 곤두박질쳐요
그런데도 뿌리칠 수 없는 바람이네요

저 바람도 허기져
허공에서 잠들 날이 있을까요

—「차차차」 전문

"세상은 바람 불고 고달파라"(이제하, 「모란동백」)라고 했던가. 그 바람은 젊은 시절 "계집아이 치마를 들추던 것"이기도 "봉긋한 가슴에 쉴 새 없이 들락거리는 것"이기도 "구두의 뒤꿈치를 따라오" 듯 살랑살랑한 것이기도 했으나, 이슥고 닥치는 세상의 풍파는 그리 호락호락한 것이 아니어서 "뿔 달린 짐승처럼" "사납게 울부짖"어 "소나무의 팔 하나쯤 부러뜨리는 것은 일도 아닌" 듯 삶을 송두리째 무너뜨리기도 한다. 그리하여 그 바람이 우리에게 그에 맞설 힘과 지혜를 주지만 "연습 없는 삶"은 바람 앞에 속수무책 곤두박질치기도 한다.

그것이 나그넷길을 걸어가는 우리 생의 모습이기에 바람은 "뿌리칠 수 없는" 우리 생 그 자체이기도 하다. 여기서 화자는 말한다. "저 바람도 허기져/ 허공에서 잠들 날이 있을까요"라고. 시인은 우리 생에 불어오는 바람을 이처럼 타자화시켜 이를 대하는 방식으로 세상을 다시 연민한다. 다시 말하면 피동적으로 다가오는 바람이 아니라, 그것이 세상사 그 자체이며 그것 역시 지쳐 잠들 날이 있으리라, 눈물 어린 시선으로 바라보는 것이다.

"만두를 빚으면서도 자꾸만 시를 생각"(「만두 빚는 시인」)하는 시인에게 시는 세상사를 견디게 하는 방패이며 창이다. 누구나 자기만의 지옥은 있기 마련이다. 그 자리에서 빚어낸 목련과 같은 시편들은 자폐적 미학에 탐닉하는 우리 시단의 한 경향과는 반대로, 구체적인 삶의 자리에서 길어 올린 생의 진여를 담은 시편들로서 '시의 삶-되기, 삶의 시-되기'를 구체적으로 형상화하고 있다. 목련의 만두-되기, 만두의 목련-되기를 이제 당신들이 목격할 차례다.

황금알 시인선

01 정완영 시집 | 구름 山房산방
02 오탁번 시집 | 손님
03 허형만 시집 | 첫차
04 오태환 시집 | 별빛들을 쓰다
05 홍은택 시집 | 통점痛點에서 꽃이 핀다
06 정이랑 시집 | 떡갈나무 잎들이 길을 흔들고
07 송기흥 시집 | 흰뺨검둥오리
08 윤지영 시집 | 물고기의 방
09 정영숙 시집 | 하늘새
10 이유경 시집 | 자갈치통신
11 서춘기 시집 | 새들의 밥상
12 김영탁 시집 |새소리에 몸이 절로 먼 산 보고 인사하네
13 임강빈 시집 | 집 한 채
14 이동재 시집 | 포르노 배우 문상기
15 서 량 시집 | 푸른 절벽
16 김영찬 시집 | 불멸을 힐끗 쳐다보다
17 김효선 시집 | 서른다섯 개의 삐걱거림
18 송준영 시집 | 습득
19 윤관영 시집 | 어쩌다, 내가 예쁜
20 허 림 시집 | 노을강에서 재즈를 듣다
21 박수현 시집 | 운문호 붕어찜
22 이승욱 시집 | 한숨짓는 버릇
23 이자규 시집 | 우물치는 여자
24 오창렬 시집 | 서로 따뜻하다
25 尹錫山 시집 | 밥 나이, 잠 나이
26 이정주 시집 | 홍등
27 윤종영 시집 | 구두
28 조성자 시집 | 새우깡
29 강세환 시집 | 벚꽃의 침묵
30 장인수 시집 | 온순한 뿔
31 전기철 시집 | 로깡땡의 일기
32 최을원 시집 | 계단은 잠들지 않는다
33 김영박 시집 | 환한 물방울
34 전용직 시집 | 붓으로 마음을 세우다
35 유정이 시집 | 선인장 꽃기린
36 박종빈 시집 | 모차르트의 변명
37 최춘희 시집 | 시간 여행자
38 임연태 시집 | 청동물고기
39 하정열 시집 | 삶의 흔적 돌
40 김영석 시집 | 거울 속 모래나라
41 정완영 시집 | 詩菴시암의 봄
42 이수영 시집 | 어머니께 말씀드리죠
43 이원식 시집 | 친절한 피카소
44 이미란 시집 | 내 남자의 사랑법法
45 송명진 시집 | 착한 미소
46 김세형 시집 | 찬란을 위하여
47 정완영 시집 | 세월이 무엇입니까
48 임정옥 시집 | 어머니의 완장
49 김영석 시선집 | 모든 구멍은 따뜻하다
50 김은령 시집 | 차경借憬
51 이희섭 시집 | 스타카토
52 김성부 시집 | 달항아리
53 유봉희 시집 | 잠깐 시간의 발을 보았다
54 이상인 시집 | UFO 소나무
55 오시영 시집 | 여수麗水
56 이무권 시집 | 별도 많고
57 김정원 시집 | 환대
58 김명린 시집 | 달의 씨앗
59 최석균 시집 | 수담手談
60 김요아킴 야구시집 | 왼손잡이 투수
61 이경순 시집 | 붉은 나무를 찾아서
62 서동안 시집 | 꽃의 인사법
63 이여명 시집 | 말뚝
64 정인목 시집 | 짜구질 소리
65 배재열 시집 | 타전
66 이성렬 시집 | 밀회
67 최명란 시집 | 자명한 연애론
68 최명란 시집 | 명랑생각
69 한국의사시인회 시집 | 닥터 K
70 박장재 시집 | 그 남자의 다락방
71 채재순 시집 | 바람의 독서
72 이상훈 시집 | 나비야 나비야
73 구순희 시집 | 군사 우편
74 이원식 시집 | 비둘기 모네
75 김생수 시집 | 지나가다
76 김성도 시집 | 벌락마을
77 권영해 시집 | 봄은 경력 사원
78 박철영 시집 | 낙타는 비를 기다리지 않는다
79 박윤규 시집 | 꽃은 피다
80 김시탁 시집 | 술 취한 바람을 보았다
81 임형신 시집 | 서강에 다녀오다
82 이경아 시집 | 겨울 숲에 들다
83 조승래 시집 | 하오의 숲
84 박상돈 시집 | 왜! 그때처럼
85 한국의사시인회 시집 | 환자가 경전이다
86 윤유점 시집 | 내 인생의 바이블 코드
87 강석화 시집 | 호리천리
88 유 담 시집 | 두근거리는 지금
89 엄태경 시집 | 호랑이를 탔다
90 민창홍 시집 | 닭과 코스모스
91 김길나 시집 | 일탈의 순간
92 최명길 시집 | 산시 백두대간
93 방순미 시집 | 매화꽃 펴야 오것다
94 강상기 시집 | 콩의 변증법
95 류인채 시집 | 소리의 거처
96 양아정 시집 | 푸줏간집 여자
97 김명희 시집 | 꽃의 타지마할
98 한소운 시집 | 꿈꾸는 비단길
99 김윤희 시집 | 오아시스의 거간꾼
100 니시 가즈토모(西一知) 시집 | 우리 등 뒤의 천사
101 오쓰보 레미코(大坪れみ子) 시집 | 달의 얼굴
102 김 영 시집 | 나비 편지
103 김원옥 시집 | 바다의 비망록
104 박 산 시집 | 무야의 푸른 샛별
105 하정열 시집 | 삶의 순례길
106 한선자 시집 | 울어라 실컷, 울어라
107 김영철 어린이시조집 | 마음 한 장, 생각 한 겹
108 정영운 시집 | 딴청 피우는 여자
109 김환식 시집 | 버팀목
110 변승기 시집 | 그대 이름을 다시 불러본다
111 서상만 시집 | 분월포芬月浦
112 잇시키 마코토(一色真理) 시집 | 암호해독사
113 홍지헌 시집 | 나는 없네
114 우미자 시집 | 첫 마을에 닿는 길
115 김은숙 시집 | 귀띔
116 최연홍 시집 | 하얀 목화꼬리사슴
117 정경해 시집 | 술항아리
118 이월춘 시집 | 감나무 맹자
119 이성률 시집 | 둘레길
120 윤범모 장편시집 | 토함산 석굴암
121 오세경 시집 | 발톱 다듬는 여자
122 김기화 시집 | 고맙다
123 광복70주년, 한일수교 50주년 기념 한일 70인 시선집 | 생의 인사말
124 양민주 시집 | 아버지의 늪
125 서정춘 복간 시집 | 죽편竹篇
126 신승철 시집 | 기적 수업
127 이수익 시집 | 침묵의 여울
128 김정윤 시집 | 바람의 집
129 양 숙 시집 | 염천 동사炎天 凍死
130 시문학연구회 하로동선夏爐冬扇 시집 | 안개가 자욱한 숲이다
131 백선오 시집 | 월요일 오전

132 유정자 시집 | 무늬
133 허윤정 시집 | 꽃의 어록語錄
134 성선경 시집 | 서른 살의 박봉 씨
135 이종만 시집 | 찰나의 꽃
136 박중식 시집 | 산곡山曲
137 최일화 시집 | 그의 노래
138 강지연 시집 | 소소
139 이종문 시집 | 아버지가 서 계시네
140 류인채 시집 | 거북이의 처세술
141 정영선 시집 | 만월滿月의 여자
142 강홍수 시집 | 아비
143 김영탁 시집 | 냉장고 여자
144 김요아킴 시집 | 그녀의 시모노세끼항
145 이원명 시집 | 즈믄 날의 소묘
146 최명길 시집 | 히말라야 뿔무소
147 시문학연구회 하로동선夏爐冬扇 시집 2 | 출렁, 그대가 온다
148 손영숙 시집 | 지붕 없는 아이들
149 박 잠 시집 | 나무가 하늘뼈로 남았을 때
150 김원욱 시집 | 누군가의 누군가는
151 유자효 시집 | 꼭
152 김승강 시집 | 봄날의 라디오
153 이민화 시집 | 오래된 잠
154 이상원李相源 시집 | 내 그림자 밟지 마라
155 공영해 시조집 | 아카시아 꽃숲에서
156 미즈타 노리코(水田宗子) 시집 | 귀로
157 김인애 시집 | 흔들리는 것들의 무게
158 이은심 시집 | 바닥의 권력
159 김선아 시집 | 얼룩이라는 무늬
160 안평옥 시집 | 불벼락 치다
161 김상현 시집 | 김상현의 밥詩
162 이종성 시집 | 산의 마음
163 정경해 시집 | 가난한 아침
164 허영자 시집 | 투명에 대하여 외
165 신병은 시집 | 곁
166 임채성 시집 | 왼바라기
167 고인숙 시집 | 시련은 깜찍하다
168 장하지 시집 | 나뭇잎 우산
169 김미옥 시집 | 어느 슈퍼우먼의 즐거운 감옥
170 전재욱 시집 | 가시나무새
171 서범석 시집 | 짐작되는 평촌역
172 이경아 시집 | 지우개가 없는 나는
173 제주해녀 시조집 | 해양문화의 꽃, 해녀
174 강영은 시집 | 상냥한 시론詩論
175 윤인미 시집 | 물의 가면
176 시문학연구회 하로동선夏爐冬扇 시집 3 | 사랑은 종종 뒤에 있다
177 신태희 시집 | 나무에게 빚지다
178 구재기 시집 | 휘어진 가지
179 조선희 시집 | 애월에 서다
180 민창홍 시집 | 캥거루 백bag을 멘 남자
181 이미화 시집 | 치통의 아침
182 이나혜 시집 | 눈물은 다리가 백 개
183 김일연 시집 | 너와 보낸 봄날
184 장영춘 시집 | 단애에 걸다
185 한성례 시집 | 웃는 꽃
186 박대성 시집 | 아버지, 액자는 따스한가요
187 전용직 시집 | 산수화
188 이효범 시집 | 오래된 오늘
189 이규석 시집 | 갑과 을
190 박상옥 시집 | 끈
191 김상용 시집 | 행복한 나무
192 최명길 시집 | 아내
193 배순금 시집 | 보리수 잎 반지
194 오승철 시집 | 오키나와의 화살표
195 김순이 시선집 | 제주야행濟州夜行
196 오태환 시집 | 바다, 내 언어들의 희망 또는 그 고통스러운 조건
197 김복근 시조집 | 비포리 매화
198 시문학연구회 하로동선夏爐冬扇 시집 4 | 너에게 닿고자 불을 밝힌다
199 이정미 시집 | 열려라 참깨
200 박기섭 시집 | 키 작은 나귀 타고
201 천리(陳黎) 시집 | 섬나라 대만島/國
202 강태구 시집 | 마음의 꼬리
203 구명숙 시집 | 뭉클
204 옌즈(閻志) 시집 | 소년의 시少年辞
205 문학청춘작가회 동인지 2 | 그날의 그림자는 소용돌이치네
206 함국환 시집 | 질주
207 김석인 시조집 | 범종처럼
208 한기팔 시집 | 섬, 우화寓話
209 문순자 시집 | 어쩌다 맑음
210 이우디 시집 | 수식은 잊어요
211 이수익 시집 | 조용한 폭발
212 박 산 시집 | 인공지능이 지은 시
213 박현자 시집 | 아날로그를 듣다
214 시문학연구회 하로동선夏爐冬扇 시집 5 | 너를 버리자 내가 돌아왔다
215 박기섭 시집 | 오동꽃을 보며
216 박분필 시집 | 바다의 골목
217 강홍수 시집 | 새벽길
218 정병숙 시집 | 저녁으로의 산책
219 김종호 시선집
220 이창하 시집 | 감사하고 싶은 날
221 박우담 시집 | 계절의 문양
222 제민숙 시조집 | 아직 괜찮다
223 문학청춘작가회 동인지 3 | 고양이가 앉아 있는 자세
224 신승준 시집 | 이연당집怡然堂集 · 下
225 최 준 시집 | 칸트의 산책로
226 이상원 시집 | 변두리
227 이일우 시집 | 여름밤의 눈사람
228 김종규 시집 | 액정사회
229 이동재 시집 | 이런 젠장 이런 것도 시가 되네
230 전병석 시집 | 천변 왕버들
231 양아정 시집 | 하이힐을 믿는 순간
232 김승필 시집 | 옆구리를 수거하다
233 강성희 시집 | 소리, 그 정겨운 울림
234 김승강 시집 | 회를 먹던 가족
235 김순자 시집 | 서리꽃 진자리에
236 신영옥 시집 | 그만해라 가을산 무너지겠다
237 이금미 시집 | 바람의 연인
238 양문정 시집 | 불안 주택에 거居하다
239 오하룡 시집 | 그 너머의 시
240 문학청춘작가회 동인지 4 | 참꽃
241 민창홍 시집 | 고르디우스의 매듭
242 김민성 시조집 | 간이 맞다
243 김환식 시집 | 생각이 어둑어둑해질 때까지
244 강덕심 시집 | 목련, 그 여자
245 김유 시집 | 떨켜 있는 삶은
246 정드리문학 제10집 | 바람의 씨앗
247 오승철 시조집 | 사람보다 서귀포가 그리울 때가 있다
248 고성진 시집 | 솔동산에 가 봤습니까
249 유자효 시집 | 포옹
250 곽병희 시집 | 도깨비바늘의 짝사랑
251 한국 · 베트남 공동시집 | 기억의 꽃다발, 짙고 푸른 동경
252 김석렬 시집 | 여백이 있는 오후
253 김석 시집 | 괜찮다는 말 참, 슬프다
254 박언휘 시집 | 울릉도
255 임희숙 시집 | 수박씨의 시간
256 허형만 시집 | 만났다
257 최순섭 시집 | 플라스틱 인간
258 김미옥 시집 | 목련을 빚는 저녁